메타에 핀
글꽃

민만규 시집

To. _____

따뜻한 글 향기가
촉촉한 그대 가슴에
행복으로 피어나길
꽃술을 스치는 봄바람에
마음을 담아 보냅니다

2022. 생동하는 어느 봄날
풍류시인 민만규 드림

시음사
시사랑음악사랑

시인의 말

21세기 우리의 삶이 가상 세계와 현실 세계의 경계를
넘나들며 진짜 같은 가상 세상을 살아간다는 것이 흥
미로운 일이다
우리 문학 세계도 예외일 수 없이 시대의 물결 디지털
혁명이 낳은 메타버스에 탑승한다
플랫폼 "제페토"에서 새로운 시문학 세상이 열린다

화자는 '디지털 래그' 꼰대 세대로 낙인찍히는 게 싫어
서 MZ세대의 시대적 화두에 한 다리 걸치기 위해 서툰
몸짓으로 꿈틀거려본다

필자의 아호(雅號)는 풍류(風流)다.
주유천하 하면서 풍류를 즐기며 자연과 더불어 시를 쓰
는 풍류 시인으로 불리고 풍류 시인으로 남고 싶다

시직 테마는 인문과 자연을 아우르는 서정시로 사랑,
그리움, 슬픔, 하늘, 구름, 비, 꽃, 나무, 바람, 풀벌레,
해와 달 등을 소재로 작품을 형상화했다

처녀 시집으로 한없이 부족한 글이지만
메타 글밭을 함께 여행한다면 더할 나위 없는 행복이다

2022년 봄이 오는 소리에
風流 민만규

본문 시낭송 감상하기

QR코드 스마트폰으로 QR 코드를 스캔하면 시낭송을 감상할 수 있습니다

 제목 : 임 마중
시낭송 : 박영애

 제목 : 봄이 오는 소리
시낭송 : 박영애

 제목 : 그대 없는 시간
시낭송 : 박영애

 제목 : 그대 머문 곳에
시낭송 : 박영애

 제목 : 미나리 향에 봄을 담고
시낭송 : 박영애

 제목 : 텅 빈 마음
시낭송 : 박영애

 제목 : 술 취한 해님
시낭송 : 박영애

 제목 : 슬픈 그리움
시낭송 : 박영애

 제목 : 시인(詩人)의 마을
시낭송 : 박영애

 제목 : 사랑은 가꾸는 것
시낭송 : 박영애

 제목 : 시인의 밤낚시
시낭송 : 박영애

 제목 : 하얀 찔레꽃
시낭송 : 박영애

 제목 : 찻잔 속에 피어나는 그리움
시낭송 : 박영애

 제목 : 마음
시낭송 : 박영애

 제목 : 나만의 주말여행
시낭송 : 박영애

 제목 : 아! 정녕 가을인가
시낭송 : 박영애

 제목 : 가끔은 흔들리고 싶을 때가 있습니다
시낭송 : 박영애

 제목 : 석양에 피는 길동무
시낭송 : 박영애

 제목 : 몽돌의 삶
시낭송 : 박영애

 제목 : 도산서원 풍경
시낭송 : 박영애

 제목 : 깊어가는 가을
시낭송 : 최명자

 제목 : 깨어나라 인류여!
시낭송 : 박영애

제목 : 그대는 나의 심장입니다
시낭송 : 박영애

 제목 : 낙엽의 일생
시낭송 : 박영애

 제목 : 그대 있으매
시낭송 : 박영애

 제목 : 우리 어머니 (思母曲)
시낭송 : 박영애

 제목 : 목련꽃 피는 아침
시낭송 : 박영애

 제목 : 꽃바람 봄바람
시낭송 : 박영애

 제목 : 숨어 우는 바람 소리 2
시낭송 : 박영애

 제목 : 벚꽃길
시낭송 : 박영애

 제목 : 기일 팔공산 은해사에서
시낭송 : 박영애

 제목 : 황혼 커플
시낭송 : 박영애

 제목 : 주안상 위에 피는 황혼 사랑
시낭송 : 박영애

 제목 : 국기 태권도
시낭송 : 박영애

 제목 : 그대는 나의 꽃이랍니다
시낭송 : 박영애

 제목 : 사랑은
시낭송 : 박영애

 제목 : 세월아
시낭송 : 박영애

 제목 : 정동진에 취하다
시낭송 : 박영애

 제목 : 정든 임
시낭송 : 박영애

 제목 : 지금쯤 내 고향엔
시낭송 : 박영애

 제목 : 친구에게
시낭송 : 박영애

제목 : 달그림자에 술잔 띄우고
시낭송 : 박영애

 제목 : 만촌화성파크스위트
시낭송 : 박영애

시인은 자연을 이야기하고
시낭송가는 자연을 품었다
글자는 날개를 달아 언어로 날고
소리는 자연에 눕는다

* 목차 *

＊ 목차 ＊

＊ 목차 ＊

* 목차 *

메타에 핀 글꽃

맑은 영혼을 담은
열정의 글꽃을 피우기 위해
나는 매일
꽃을 사랑하는 마음으로 살아갑니다
시를 쓴다는 것은
나를 사랑하고
그대의 향기를 사랑하기 때문입니다
나와 그대의 따뜻한 가슴에
한 송이 글꽃을 피우기 위해
나는 오늘도
메타버스를 타고
글꽃의 씨앗을 찾아 낯선 길을 나섭니다.

메타(meta) : 가상, 초월
메타버스(metaverse) : 가상세계(3차원 가상세계), 가상현실

메타에 핀 글꽃　　　　　10

농심

겹겹이 쌓인
농부의 투박한 주름살 위에
송골송골 걸터앉은 굵은 땀방울은

홍시 하나
알밤 한 톨
사과 한 알
빨갛게 익기까지의
햇살의 눈물입니다

임 마중

기다림에 목마른
그리운 임이기에

밤하늘의 꽃
별 하나 따다가
내 마음 깊숙이 고이 숨겨놓고

어스름 길 따라
그리운 임 찾아오면
별꽃으로 어둠을 밝히며
임을 반기리.

태권도인 민병팔을 시인 민만규(개명)로 이끈 생애 처녀작 / 필자의 애시

제목 : 임 마중
시낭송 : 박영애
스마트폰으로 QR 코드를 스캔하면
시낭송을 감상할 수 있습니다

코스모스

코스모스의 가녀린 몸매는
타고난 걸까
아닐 거야
직업이 댄서니까
아마도 거기에는
힙합 하나
탱고 하나
탈춤 하나가
밤낮 없는 춤사위로 다듬어진 게야

그대 참 예뻐요

달빛에 걸린
따뜻한 그대 그 눈빛
참 예뻐요
하얀 찔레꽃 닮은
순백의 그윽한 그 모습에
달 속에 선녀도 질투하네요
예쁜 그댈 훔쳐보려고
달님은 밤에만
몰래 뜨나 봐요

무료 급식소

농익은 홍시 한 알
달랑 매달린
감나무 우듬지에
무료 급식소
누가 만든 걸까

까치도 초대하고
참새도 초청하고
산새도 불러들여
자신의 살점을 마냥 내어준다

너도 한 입
나도 한 입
사이좋게 쪼아 먹는 광경에
왈칵
눈물이 쏟아진다.

그대 보고 있나요

풀잎에
빗방울이 내려앉습니다
그대 보고 있나요

청솔가지에
가랑비가 걸터앉습니다
그대 보고 있나요

풀벌레 수염에도
보슬비가 물방울을 답니다
그대 보고 있나요

참새도
초록 우산 쓰고 쪼그리고 앉아
나랑 같이
단비를 보고 있어요.

하얀 찔레꽃

푸르른 오월의 숲에
활짝 핀 하얀 찔레꽃이 참 곱기도 하다
화려한 장미꽃도 예쁘긴 하나
소박하고 순수한 하얀 찔레꽃이
나는 참 좋다

코끝을 자극하는
화려한 향기도 좋기는 하나
가슴에 스며드는 은은하고 그윽한 향기가
나는 참 좋다

절세가인 기생 황진이 닮은 장미꽃처럼
튀지도 뽐내지도 않은
그저 곱디고운 여인네를 닮은
하얀 찔레꽃이 나는 참 좋다.

화려하고 정열적인
빨간 장미꽃도 좋기는 하나
순수하고 정갈한 하얀 찔레꽃이
연정과 그리운 향수를 깨우는 꽃이기에
나는 참 좋다.

제목 : 하얀 찔레꽃
시낭송 : 박영애
스마트폰으로 QR 코드를 스캔하면
시낭송을 감상할 수 있습니다

17

봄이 오는 소리

사부작사부작 부서지는
실개천 살얼음 멜로디가 봄을 유혹하고
꽁꽁 언 텃밭을 헤집고
뾰족이 얼굴 내미는
달래 냉이 새싹에도
봄이 기지개를 켭니다

나목의 나무초리에 돋아나는 움은
실눈 배시시 뜨고
눈웃음으로 봄을 부르고
맑고 푸른 높은 하늘로 비상하는
노고지리 날갯짓에 봄이 속삭입니다

자목련, 황목련, 수양매 꽃망울이
봄바람 품고
숫처녀 젖가슴처럼
봉긋봉긋 수줍음 머금고
살포시 부풀어 오릅니다

제목 : 봄이 오는 소리
시낭송 : 박영애
스마트폰으로 QR 코드를 스캔하면
시낭송을 감상할 수 있습니다

찻잔 속에 피어나는 그리움

모락모락 피어나는 커피 향에
애잔한 그리움을 담아
진한 향기에 취해보렵니다

찻잔 속에 일렁이는 잔물결은
그대 생각에
설렘으로 속삭입니다

몽글몽글 피어나는 그대 향기는
행복이 머물다간
포근한 둥지로 남습니다

오늘도
국화 향기 머금은 사랑 한 잎
찻잔에 띄워
그대 그리움으로 찻잔 속에 머뭅니다.

제목 : 찻잔 속에 피어나는 그리움
시낭송 : 박영애
스마트폰으로 QR 코드를 스캔하면
시낭송을 감상할 수 있습니다

그대 없는 시간

창문 밖 솔가지에 아스라이 걸린 허허로운 달도
외로움에 흐느끼는 이 밤
희미한 달빛 한줄기 들어앉은 텅 빈 가슴 부여잡고
그대 없는 시간을 견디는 고독한 밤입니다

다시는 나 없는 시간 그대 없는 시간을
견디게 하지 말자던 우리의 굳은 언약이
어느 날 갑자기 찾아온 운명의 장난에
산산조각이 되어
쓸쓸한 달그림자에 또렷하게 아로새겨지는
잠 못 이루는 허전한 밤입니다

이렇게 달빛 스며드는 밤이면
그대 없는 순간이
이렇게 큰 그리움으로 애절하게 사무쳐옵니다
해가 지면 달이 뜨고 겨울이 가면 봄은 오는데
못다 한 우리의 사랑 이야기는
내 가슴에 상흔을 품은 고장 난 벽걸이로 남아
두고두고 슬픈 회한으로 남는 하얀 밤이 됩니다.

제목 : 그대 없는 시간
시낭송 : 박영애
스마트폰으로 QR 코드를 스캔하면
시낭송을 감상할 수 있습니다

마음

변화무쌍한 간사한 인간의 마음
영원할 것만 같았던
한 송이 꽃향기에 품었던 아름다운 연정도
견고한 둑이 가랑비에 허물어지듯
설익은 세월의 수레바퀴에 아물아물 상흔을 남긴다.

한철 활짝 꽃피워 영글어진 연모의 마음도
그 또한 삭아지는 시간 속에
한나절 햇살에 초록 잎이 낙엽으로 시들듯
우리네 마음도
그렇게 가끔 부는 잔바람에 흔들리며
화려한 연정의 꽃에서 피어나는 연애의 감정에
흥미의 농도는 점차 옅어져 간다

삶에 녹아든 연애 감정이란 건
어느 날 별꽃의 속삭임으로 우연히 다가와
고운 연정에 묻혀 한 시절 보랏빛 꿈으로 살다 간
허물어진 낡은 사립문인걸…….

제목 : 마음
시낭송 : 박영애
스마트폰으로 QR 코드를 스캔하면
시낭송을 감상할 수 있습니다

그대 머문 곳에

눈부시게 파란 가을입니다

황금빛 벼 이삭에
행복이 익어가는 소리 들리시나요
농부의 굵은 주름살 위에 피어나는
햇살의 투정(妬情)이 들리시나요

황금 들녘에 이는 잔바람에도
가슴 벅찬 환희의 향기가 일렁이고
그대 향기를 품은 한 송이 국화꽃에도
가을은 싱그럽게 머뭅니다

그대 마음 닿는 곳에
그대 숨결 이는 곳에
그대 눈길 머문 곳에
잘 익은 파란 가을을 활짝 펼쳐 놓을게요.

제목 : 그대 머문 곳에
시낭송 : 박영애
스마트폰으로 QR 코드를 스캔하면
시낭송을 감상할 수 있습니다

나만의 주말여행

이 풍진세상
삭아서 푸석거리는 시간은 허공에 날려 보내고
살아서 꿈틀거리는 시간을 끌어안고

희망이 솟아나는 풋풋한 생동의 에너지를 찾아
바람 따라 구름 따라
오롯이 나만의 세상이 담긴
흥분과 설렘으로 길을 나선다.

가다가 목마르면
목로주점 선술집에 추억 한 잔 들이키고
산토끼랑 마주 앉아 샘물 한 잔 나눠 마시고

가다가 힘들면
갈매기 날으는 갯바위에 걸터앉아
가슴속 절절히 맺힌 삶의 보따리 풀어 놓고

부서지는 파도와 못다 한 사연 주고받으며
싱싱한 에너지 풀(full)로 충전하고
여행의 참맛을 즐긴다.

제목 : 나만의 주말여행
시낭송 : 박영애
스마트폰으로 QR 코드를 스캔하면
시낭송을 감상할 수 있습니다

백매화

터질 듯이 부풀어 오른
백매화의 꽃망울이
따사로운 봄 햇살에
희디흰 속살을 살포시 드러낸다

새 생명을 움 틔우는 봄도
백매화의
곱디고운 살결에
수줍은 듯
온몸으로 반긴다

꿈틀거리는 희망의 백매화가
봄을 깨우니
내 마음의 봄도 덩달아
매화 향기 품고
봉긋봉긋 부풀어 오른다.

미나리 향에 봄을 담고

봄의 먹거리 전령사
청도 한재 미나리밭에
초록 물결 일렁이며 봄이 왔다.

아삭아삭 식감에
지글지글 고소하게 익어가는 삼겹살이
가마솥 뚜껑에 알몸으로 드러누워

향긋한 미나리 향에 취해
연분홍 몸매 자랑하며
봄 햇살이 수줍어
이리 돌아눕고 저리 돌아눕는다

새봄이 준 최고의 선물
싱싱한 미나리에 꼬들꼬들 삼겹살 쌈하니
소주잔은 춤을 춘다

봄도 덩달아 흥에 겨워
향긋한 미나리 한 단 덜컹 안겨준다.

제목 : 미나리 향에 봄을 담고
시낭송 : 박영애
스마트폰으로 QR 코드를 스캔하면
시낭송을 감상할 수 있습니다

봄비가 준 선물 싹

봄비 한줄기
시원하게 내리고 나니
그 자리엔
가녀린 회갈색 개나리 잔가지가
연초록 싹 틔우며
두 팔을 치켜세운다

아!
봄비에 고마워라
수많은 싹이 두 팔 벌려
가녀린 외나무다리에서
춤을 추고 있다

봄비 한 번 더 내리면
노란 옷 걸치고
희망이란 꽃말로
흐드러지게 울타리를 수놓으며
봄을 유혹하겠지.

풀

봄풀은
해맑은 아기 마냥
해마다 푸르게 싱그럽고
여름풀은
타오르는 정열의 햇살을 품으며
생명의 에너지를 발산한다
가을풀은
가슴 벅찬 풍요를 선사하며
낭만의 추억으로 책갈피에 잠들고
겨울풀은
희망의 봄을 설계하며
죽은 듯 설풍을 즐긴다.

보슬비

보슬보슬
슬피 우는 보슬비야
너는 왜
울분을 확 토해내지 못하고
몰래 숨어
꿍꿍대며 자근자근 우느냐
천 갈래 만 갈래
속 타는 너의 마음
가랑비는 알아줄까
참고 또 참다 보면 언젠가는
소낙비가 될 거야

안개비

내 어릴 적 엄마 손잡고
정겹게 걷던 골목길에
아련한 향수가
안개비에 젖어 든다
이렇게
안개비가 하늘하늘
갈바람 부둥켜안고 춤추는 날이면
골목길 따라
총총 수놓은
내 작은 검정 고무신 발자국에
아련한 추억이 내려앉는다.

가을 초입

파란 하늘이 흰 구름 한 점 벗 삼아
연분홍 물감으로
가을 문턱 풍경을 스케치한다.
벼 잎새에 앉아 놀던 하늬바람에
익어가는 가을 내음이 코끝을 간질인다

가을 문을 열고 소풍에 나선 고추잠자리
빨갛게 익은 사과에 홀딱 반해
얼굴을 붉히고
호숫가 길섶에 자리 잡은 코스모스는
댄스 춤사위로 흥겹다

못 둑에 걸터앉은 벤치는
메뚜기에게 자리를 내어주고
파란 가을 품에 안겨 새근새근 잠이 든다.

아! 정녕 가을인가

청명한 가을 하늘 새털구름 노닐고
국화 향기 머금은 하늬바람은
하늘하늘 벼 잎새에 내려앉아
익어가는 가을을 응원합니다
해충 벼메뚜기는 제철 만나 이리 뛰고 저리 뛰며
천방지축 신바람이 났습니다

해님 품은 청송사과는 주렁주렁
가을 햇살과 밀어를 속삭이고
황금물결 일렁이는 가을 정원엔
알알이 익어가는 곡식들이
가을을 채색하기에 분주하고
청포도 익어가는 내 고향 오두막집 아낙네들
풍년가 콧노래에 흥겹습니다

오랜 기다림에 들뜬 시인들은
몽글몽글 양떼구름에 걸터앉아
가을 디자인 부푼 꿈에
붓대를 고쳐 세워
황홀한 시상에 푹 빠져듭니다.

제목 : 아! 정녕 가을인가
시낭송 : 박영애
스마트폰으로 QR 코드를 스캔하면
시낭송을 감상할 수 있습니다

텅 빈 마음

흰 구름 곤히 잠든 산마루에
달빛이 내리면
앞산 산노루 애달피 우는데
살랑살랑 갈바람은 그리움 싣고
임이 누운 내 가슴에 파고듭니다

밤하늘에 별들은 소곤소곤
다정스레 사랑을 나누는데
짝 잃은 기러기는
허허한 마음 눈물로 채웁니다

귀뚜라미 노랫소리에
가을밤은 깊어가고
저 산 너머 임 계신 곳
풀벌레 슬피 우니

텅 빈 마음 달랠 길 없어
눈물 젖은 하얀 도화지 위에
그리워 그리움을 채색합니다.

제목 : 텅 빈 마음
시낭송 : 박영애
스마트폰으로 QR 코드를 스캔하면
시낭송을 감상할 수 있습니다

황매산 억새풀

부서지며 쏟아지는 가을 햇살에
반짝반짝 얼굴을 내미는 하얀 억새풀이
참 곱기도 하여라

온 산에 흐드러지게 펼쳐지는
억새의 가을 퍼레이드에
흰 구름에 잠시 잠깐 넋을 잃은
카메라 셔터도
고운 몸짓 놓칠세라
찰칵찰칵 손놀림이 바쁘다

산 중턱에 자리 잡은
어느 버스킹의 아름다운 멜로디는
억새 춤사위에 흥을 돋우고
여기저기서 흘러나오는 환희의 감탄사에
억새는 수줍어 수줍음에
하늘하늘 고운 미소 짓는다.

황매산 억새

가을 햇살이 곱게 펼쳐 놓은
은빛 물결에
하얀 억새가
쏟아지는 햇살에 연정을 품고
파란 하늘 바다에
구름 한 점 베고 누워
희고 고운 볼을 마냥 내어준다
가을이 맺어준 커플
햇살과 억새
참 잘 어울리는 짝꿍이다

가끔은 흔들리고 싶을 때가 있습니다

이렇게 이슬비가 부슬부슬 내리는 날이면
뭔지 모를 야릇한 오만가지 감정이
텅 빈 마음을 들쑤셔 놓습니다

이런 날은
해 질 녘 삐걱거리는 포장마차에 걸터앉아
붉게 핀 저녁노을 바라보며
부추전에 막걸리 한잔
벌컥벌컥 들이키고 싶은 충동이
들불처럼 일어납니다

이렇게 보슬비가 보슬보슬 내리는 날이면
노릇노릇 삼겹살 안주로 술독을 끌어안고
나만의 시간에 푹 빠져
허우적거리고 싶어집니다

이렇게 안개비가 희뿌옇게 세상을 품어 안으면
술통을 통째로 짊어지고
빗길을 하염없이 비틀거리고 싶어집니다.

제목 : 가끔은 흔들리고 싶을 때가 있습니다
시낭송 : 박영애
스마트폰으로 QR 코드를 스캔하면
시낭송을 감상할 수 있습니다

들꽃

들길 따라 곱게도 핀 야생화야
너의 이름이 수줍어
잿빛 하늘 먹구름 뒤에 몰래 숨겨놓고
비 한 모금
햇살 한 점
바람 한 줄기로
척박한 땅을 헤집고
참 예쁘게도 피었구나

그런 너의 예쁜 몸짓에
지나가던 바람도 시새움하여
너를 흔들어 보는구나

넘어질 듯 부러질 듯 하늘하늘
가녀린 몸짓이
애처로운 우리네 민초의 삶과
다를 바 없으니
너를 일러 들꽃이라 부르는구나!

가을

황금빛으로 물들인 풍요의 들판은
자연만이 빚어낸 작품일까
아니야
거기에는
농부의 땀 한 사발
메뚜기 오줌 한 방울
인분 한 바가지
쇠똥 몇 개가 협력해서 만들어 낸
합작품인 게야

먹물

먹물은
필요악必要惡으로 역사의 중심에 있는
배신背信을 사료史料로 쓰이고
배신의 도구로 정의를 포장하여
인간의 역사가
도도히 흐르고 흐르나니

붓대는
요동치는 역사의 정점에서 흔들리고
먹물은
역사의 소용돌이에 걸터앉아
울고 웃는구나!

질서

한낮의 태양이 방긋방긋 손짓하면
서산은 붉게 타는 노을로 저녁연기 피우고
밤하늘이 열리고
별빛 서린 은빛 강물이 흐르면
휘영청 밝은 달은 달그림자 길게 드리우고
여명의 품에 잠든다

하얗게 부서지는 봄 햇살이
그리움 남기고 떠나가면
하얀 파도가 너울너울 춤추는
열정의 여름날이 밀려오고
아름다운 단풍이
온 산야에 자욱이 내려앉으면
함박눈 내리는 하얀 겨울이
추억의 사진첩으로 눈꽃을 피운다

달빛 곱게 물든 우리네 삶도
변화무쌍한 세월의 등에 업혀
대자연의 질서와 더불어
연초록 풀잎에 사계절 걸어두고
가고 오고 피고 진다.

술 취한 해님

먹구름을 발로 걷어차고 술 익는 마을에서
비틀거리며 걸어 나오는 해님이
밤새 건하게 한잔하셨나 보다

우정에 녹아들어 한잔하고
사랑에 빠져들어 한잔하고
슬픈 사연 가슴 아려 한잔하고
이런저런 사연으로
술통을 통째로 짊어지고 취기에 주사를 부린다

한 발 디뎌 구름에 오르려니
구름은 헛발질로 조롱한다
한 손 뻗어 하늘을 잡으려니
파란 물감이 얼굴에 쏟아진다

취기에 비틀거리는 해님의 모습에
하늘에 걸린 기생 황진이가
배꼽 잡고 간드러지게 웃고
풀잎에 걸터앉은 베짱이도 눈물 콧물 흘리면서
"아! 세상이 왜 이래" 흥얼흥얼 콧노래로
해님의 주사에 장단을 맞춘다.

제목 : 술 취한 해님
시낭송 : 박영애
스마트폰으로 QR 코드를 스캔하면
시낭송을 감상할 수 있습니다

석양에 피는 길동무

나에겐 잿빛 하늘에 핑크빛 노을이 유영하는 서해로
함께 풍류를 즐길 좋은 벗이 생겼다
푸른 산, 맑은 물, 해와 달, 그리고 하늬바람도
얼마 전
낯선 길을 함께 걷고자 나와 친구를 맺었다

코스모스 손짓하는 내 고향 정겨운 골목길도
나에게 우정의 손길을 내밀었다.
부서지는 하얀 파도를 벗 삼아 한 시절을 풍미하는
자유로운 갈매기도
얼마 전 내 길동무가 되었다

이 친구들은
늘 변치 않는 한결같은 마음으로
아픈 사연 서려 있는 호숫가도 꽃비 맞으며 함께 거닐고
낙엽 따라 향기로운 문학을 꽃피우는 산책길도
함께 낭만을 즐긴다.
멀지 않은 여행길 길동무가 있어서 외롭지 않다.

제목 : 석양에 피는 길동무
시낭송 : 박영애
스마트폰으로 QR 코드를 스캔하면
시낭송을 감상할 수 있습니다

슬픈 그리움

아픈 사연 가슴에 묻고
먹구름에 얼굴을 가린 채
슬피 울고 있는 저 달은
누굴 향한 그리움일까요

적막한 밤하늘에
홀로 외로이 깜깜한 어둠을 밝히는
처연한 저 달은
누굴 향한 고독의 향기일까요

꺾어져 못다 핀 사랑이 애달파
차마 가다가 멈춰 선 그 자리가
달님이 계신 그곳인가요

오늘도 나는
아픈 사랑의 싹을 틔운
수성못 뚝 그때 그 포장마차에 앉아
밤이 오기만을 기다립니다.

제목 : 슬픈 그리움
시낭송 : 박영애
스마트폰으로 QR 코드를 스캔하면
시낭송을 감상할 수 있습니다

전봇대와 격한 포옹

희미한 조명등 아래 골목길도 지쳐
끔벅끔벅 졸고 있는 밤
저만치서 낯익은 노랫소리와 함께
전봇대가
누웠다 일어섰다 갈지자로 비틀거리며
이리 갔다 저리 갔다 하더니
갑자기
내 이마에 꽝 넘어진다
사랑에 취한 전봇대와의 격한 포옹
돌발 음주 사고다

순간 와르르 쾅쾅
뇌성을 일으키며 번개가 치더니
별들이 와르르 쏟아져 내려
깜깜한 골목길에 산산이 흩어진다
번개처럼 스쳐가는 황홀한 시간이었다

흥! 전봇대가 많이 취하긴 취했나 보다.

가을 향기에 취한 낙엽

얼기설기 구멍 뚫린
낡은 색동저고리 걸쳐 입은
낙엽 한 잎
가을 향기에 취해
갈 길 잃어 허공에 뱅글뱅글 맴돈다

골골이 패인 아픈 사연이
얼마나 깊었기에
저리도 만취했을까

연초록 잎사귀가
빛바랜 색동저고리 수의를 입기까지
한 많았던 세월
삶이 얼마나 힘들었을꼬.

가을이라서 외롭구나

파란 하늘 한가운데
텅 빈 마음 한 자락 풀어 놓으니
어디로 가야 할지
허둥지둥 갈 곳 몰라 헤맨다

가을이라서 쓸쓸하고
가을이라서 외롭구나

정처 없이 나뒹구는 슬픈 낙엽 한 잎
눈가에 맺힌 그리움 적시며
무심히 지나가는
잘 익은 가을이 너무 아까워
잠시 그대를 소환해 봅니다

몽돌의 삶

이 개울 저 개울 굴러다니는 천덕꾸러기
이리 치이고 저리 치이는 처량한 동네북 신세
소낙비 흙탕물에 알몸을 던지고
못난 살점 찢기고 뜯기며
하염없는 인고의 세월을 보낸다

한 세월 모진 비바람에 뒹굴며 깎여져
어느새 쓸모 있는 몽돌이 되어 세상 밖으로 나온다
어떤 돌은 운이 좋아
미스 몽돌에 선발되어 영광과 사랑을 한 몸에 받고
미스터 근육질 몽돌에 뽑혀 제 몸값을 한껏 키운다

어떤 돌은 억세게 운이 나빠
숯불구이 불판으로 생 몸을 태우기도 하고
처마 밑 받침돌로 온종일 낙수에 맞아 운다

어떤 돌은 맑은 개울물 노랫소리에 음반이 되고
비단잉어 노니는 어항 속에 예쁜 산책로가 되고
그래도 운 좋은 돌은
부잣집 앞마당에 정원석이 되어 팔자 고친다

억세게 운 좋은 몽돌은
은은한 오렌지색 조명발을 받으며
화려한 진열장에 폼나게 걸터앉는다

산전수전 다 겪고 세상 이치를 터득한 몽돌은
비우고 내려놓기를 반복하여
출렁이는 파도를 벗 삼아
해변가 조약돌로 금빛 모래에 몸을 맡긴다

제목 : 몽돌의 삶
시낭송 : 박영애
스마트폰으로 QR 코드를 스캔하면
시낭송을 감상할 수 있습니다

시인(詩人)의 마을

흐드러진 하얀 백합 꽃밭 고랑, 이랑 사이로
까만 전투복을 입고
향기 품은 시제詩題들이 줄지어 고개를 내민다

애잔한 그리움을 싣기도 하고
애틋한 사랑을 담기도 하고
이별의 슬픔을 품기도 하고
시대의 아픔을 대변하기도 하고
아름다운 자연을 노래하기도 한다

봄꽃이 앞다투어 피듯이
실시간 제각각 다른 향기로
불 꺼진 시인 마을에 깜박깜박 노란불을 밝힌다

시인의 정성과 사랑을 한 몸에 받고
새 생명으로 탄생한 시(詩)들은
예쁜 이름표를 달고
세상을 향해 꽃망울을 터트린다

애지중지 선택받은 시는
시 낭송가의 고운 음률을 타고
너울너울 날갯짓하며 푸른 창공을 날아올라
지구촌 곳곳에 행복의 시 향기를 나눈다.

제목 : 시인의 마을
시낭송 : 박영애
스마트폰으로 QR 코드를 스캔하면
시낭송을 감상할 수 있습니다

도산서원 풍경

군자의 도(道) 경(敬)을 따라나선다.
구름을 뚫고 하늘로 치솟아 키재기하며
줄지어 반기는 노송의 노랫소리가 정겹다

서원 앞마당엔
곧은 절개 선비의 표상을 품어 안고
오백 년 세월의 무게에 휘늘어져 누워
인공관절의 부축을 받으며
고목의 운치를 뿜어내는 왕버들이 용틀임한다

유선형으로 굽이쳐 흐르는 안동호는
거대한 몸짓으로 햇살을 이고 지고
유유자적 낚싯대를 드리우고
세월 낚는 강태공은 카메라의 초점에 들어앉는다

조각난 흰 구름도 가던 길 멈추고
산마루에 걸터앉아
한여름의 시원한 솔(松)바람에 몸을 맡긴다

맑고 푸른 파란 도화지 위엔
솔개가 까만 점선으로
한 폭의 수묵화를 그렸다 지웠다
시인의 마음을 붙든다.

울집 방울이

대롱대롱 방울토마토
우리 집 작은 정원에
예쁘게도 탐스럽게도 주렁주렁 열렸네

토끼 눈으로 윙크하고
아가 볼로 방긋방긋
영롱한 아침이슬로 떼구루루 세수한다

전봇줄에 옹기종기 모여 앉은
참새들도 고개를 갸웃갸웃
날아가던 까마귀도
까악 까악 탄성을 자아낸다

뜰을 산책하던 도둑고양이는
한 손 뻗어 만졌다 쓰다듬다
예쁜 누드 춤사위에 부끄러운지 황홀한지
넋을 잃고 멍때린다.

사랑은 가꾸는 것

사랑은 가꾸는 거랍니다
화단에 꽃을 가꾸듯
농부가 곡식을 가꾸듯
그대와 나 함께 가꾸는 겁니다

사랑은
배려라는 꽃씨를 마음 밭에 심고
매일매일 아름다운 사랑으로 피어나도록
정성껏 가꾸는 겁니다

사랑의 온기가 식지 않으려면
몸과 마음을 늘 새롭게 풋풋하게
부지런히 가꾸어야
온전한 사랑은 오래갑니다

사랑은 바보처럼 하는 거랍니다
이것저것 계산은 없습니다
그냥 아낌없이 주는 거랍니다.

제목 : 사랑은 가꾸는 것
시낭송 : 박영애
스마트폰으로 QR 코드를 스캔하면
시낭송을 감상할 수 있습니다

코스모스 연정

그대
바라만 보아도 좋아요
수줍어 떨리는
나의 손을 잡아 주세요

그대
그 자리에
가만히 웃기만 해도 좋아요
설레는 내 마음을 받아주세요

그대
앞에만 있어도 좋아요
그대 사랑
나의 사랑님이 되어 주세요

그런
그대를 애모하고 싶어요
마음을 열어주세요

깊어가는 가을

높고 넓은 파란 가을 하늘엔
양떼구름 노닐고
알록달록 물들어 가는 단풍 산야에는
잠자리 떼 가장무도회가 열린다

넉넉한 보름달 품에 안긴 풀벌레는
별들의 합주곡에 장단 맞춰
미리내를 무대로
깊어가는 가을밤의 작은 음악회를 연다

고향 떠난 낙엽은
갈색 바람에 몸을 누이고
단풍으로 음색 한 산사의 풍경소리는
은빛 파도 일렁이는 억새의 새벽을 깨운다

농부의 땀방울로 결실을 맺은 황금 들판은
알알이 익은 풍성한 열매로
풍요로운 가을을 갈무리한다.

제목 : 깊어가는 가을
시낭송 : 최명자
스마트폰으로 QR 코드를 스캔하면
시낭송을 감상할 수 있습니다

시인의 밤낚시

먼 산 산마루 솔가지에 달빛 한줄기 걸어두고
쏟아지는 별빛을 쓸어 모아
잔잔한 호수 위에 은하수를 만들어 놓는다

반짝반짝 불타는 은하수에
검게 탄 쭈그러진 냄비 올려놓고
보글보글 끓는 라면을 안주로
한 잔 술에 시상을 담아 세상 시름 떨쳐본다

달빛 내린 고요한 호수 위에
별꽃으로 흐드러져 있는 별들과
도란도란 시담을 나누며 시어를 낚는 강태공은
경이로운 대자연에 취해 하늘 향해 드러누워
반짝이는 별을 헤며 전설의 시를 써 내려간다

새벽안개 자욱한 호수 위에 드리워진 형광찌는
이제나저제나 금린대어 입질 올까 손꼽아 기다리다
깔딱깔딱 피래미 입질에 별도 달도 지쳐 잠들고
시인의 붓대도 여명에 눕는다.

제목 : 시인의 밤낚시
시낭송 : 박영애
스마트폰으로 QR 코드를 스캔하면
시낭송을 감상할 수 있습니다

깨어나라 인류여!

저 깊은 심해에서
붉은 물감을 토해내며 치솟아 오르는
찬란한 일출의 광경을 보라

국운융성의 화두를 싣고
붉게 타오르는 저 희망의 새해를 보라

코로나 종식이라는
온 인류의 염원을 담고
힘차게 하늘로 날아오르는
저 붉은 태양을 보라

온 인류가 몸살을 앓았던 경자년을 물리치고
신축년 새해 새 희망의 나래를 활짝 펴고
장엄하게 타오르는 저 천왕을 보라

깨어나라 인류여!
그대에게 꿈이 있다면
지친 몸 추스르고
새 희망의 새 세상을 힘차게 맞이하라.

제목 : 깨어나라 인류여!
시낭송 : 박영애
스마트폰으로 QR 코드를 스캔하면
시낭송을 감상할 수 있습니다

구겨진 삶을 탓하지 마라

구겨진 삶을 탓하지 마라
지금, 이 순간부터
생각의 다름질로 곱게 펴면 되는 거야
너와 내가 꿈꾸는 세상은
거창한 게 아니고
아주 작은 소소함에 숨어 있더라
그저
내가 좋아하는 거 망설임 없이 하면서
바람처럼 후회 없이 사는 것이
진짜 인생이더라.

홀로 울고 있는 소주잔

내 고향 실개천에 빨가벗고 물장구치며
함께 놀던 옛 친구 생각에
풀꽃 향기처럼 모락모락 피어나는
그리움을 품은 소주잔은
외로움이 서러워 홀로 울고 있는데
천하에 몹쓸 코로나바이러스가
오작교를 끊어 놓고 애간장을 태운다

술 고픈 친구 생각이
못 견디게 파도 타고 밀려오면
애처로운 내 모습에
애달파하는 까막까치 불러 모아
끊어진 오작교를 술병으로 연결해
춤추는 소주잔에
향수鄕愁 한 잎 띄우고
우정 한 잎 곱게 띄워
달콤한 술 향기에 곱게 젖어보련다.

그대는 나의 심장입니다

그대 이렇게
갈바람으로 들국화 향기 앞세워
꽃등 따라 걸어오시면
내 심장은 불꽃처럼 활활 타오르는
주체 못 할 산불로 번집니다

그대 이렇게
어둠의 침묵을 깨트리고
밝은 달님 앞세워
은하수 밟고 총총 걸어오시면
내 심장은 급행열차를 타고
그대 심장에 플랫폼을 만듭니다

그대 심장은
내 하나뿐인 여생의 길벗이기에
불꽃같은 내 심장이 멈추는 그 날까지
난 불타는 열정의 꽃으로
그대 심장 깊숙이 뿌리내려
지지 않는 사랑 꽃을 피울 겁니다.

제목 : 그대는 나의 심장입니다
시낭송 : 박영애
스마트폰으로 QR 코드를 스캔하면
시낭송을 감상할 수 있습니다

메마에 핀 들꽃

낙엽의 일생

낙엽 한 잎 소슬바람 선율을 타고
나불나불 대지에 입맞춤하며
사뿐히 내려앉는다
한세상을 풍미하고 힘없이 추락하는 낙엽을
온정으로 품어 안은 가을이 너무나 아름답다

제 소임을 다하고 떠날 때를 알고
홀연히 떠나는
낙엽의 뒷모습이 참 아름답다

이리 뒹굴고 저리 뒹굴며
오가는 길목 차디찬 땅바닥에 드러누워
바스락바스락 밟히고 부서져
누군가에 낭만의 추억 길을 열어준다

가을의 백미
낙엽의 눈물겨운 숭고한 희생은
가을의 전설로 일생을 아름답게 갈무리한다.

제목 : 낙엽의 일생
시낭송 : 박영애
스마트폰으로 QR 코드를 스캔하면
시낭송을 감상할 수 있습니다

가을 하늘정원

흰 구름 흘러가는
파란 가을 하늘정원에
예쁜 꽃밭 하나 만들고 싶다
그리움도 한 송이 심고
사랑도 한 송이 심어 놓고 싶다

누군가가 한없이 보고프면
드넓은 초원의 잔디밭에
두 팔 벌려 드러누워
흰 구름 손잡고 하늘정원을
거닐고 싶다

그대 그리움이 밀려오면
그리움 꽃 한 송이 만져 보고
그대 사랑이 그리워지면
사랑 꽃 한 송이 품어 보고 싶다.

그대 있으매

그대 있으매
봄비에 새싹을 틔우듯
나의 마음에도
날마다 향기로운
사랑의 새싹을 틔웁니다

그대 있으매
난 시를 쓸 수 있고
그대 있으매
난 삶의 의미를 느낀답니다

그대를 마음에 담고 있는 한
그리움에 눈물 펑펑 적셔도
난 행복합니다

못 견디게 그리움이 밀려오면
그대 향한 시를 쓰고
그대 향기를 담은
아름다운 한 편의 시가 되어
그대 곁으로 달려갑니다.

제목 : 그대 있으매
시낭송 : 박영애
스마트폰으로 QR 코드를 스캔하면
시낭송을 감상할 수 있습니다

61

우리 어머니 (思母曲)

언젠가 어머니 모시고 노래방에 간 적이 있었습니다.
당신께서 아시는 노래라고는
"앵두나무 우물가에 동네 처자 바람났네…"
딱 이 노래 한 곡입니다
그것도 박자 없는 음치에 가사도 끝까지 모르십니다.

우리 어머니께서
아는 글자라고는 '박난이' 당신 이름 석 자 밖에 모르십니다
그것도 내가 학교 방학 때 한 달간 가르쳐서 터득한 글자입니다

우리 어머니
학교 근처도 못 가보신 무학의 일자무식이십니다
그래도 슬기로운 세상살이에는 그 누구보다 뛰어나신 어머니가
나는 세상에서 제일 자랑스럽고 한없이 존경하고 사랑합니다

신랑 얼굴도 안 보고 시집와서 겉보리 한 되로
신접살림을 시작하시면서
일평생 육 남매 자식 뒷바라지에 새벽달 보고 들에 나가셔서
온종일 뙤약볕에 일하시다 지친 몸 이끄시고
비 새는 흙담집에 그저 누울 곳 찾아
늦은 밤 별 보고 들어오신 우리 어머니

그렇게 죽자사자 부지런히 일한 보람으로
일천구백칠십 년 대 시골에서 대궐 같은 기와집에
남들이 부러워하는 부잣집 마나님으로
겸손과 베풂으로 인심을 얻으시며
힘들고 어려웠던 한 시절을 보상받으셨습니다

또한 무학에 일평생 농사일밖에 모르셨지만
논리정연한 말솜씨는 스피치 강사 뺨칠 정도며
촌 골짝 여인네지만 교양과 품위가 남다르셨습니다

한평생 당신의 못 배운 한을 자식 교육에 열정을 쏟으시며
자식들 대학 교육하는 것이 유일한 소원이셨습니다
좋은 시절에 태어나셨다면 아마도 교육부 장관은
거뜬히 하셨을 우리 어머니이십니다

까만 교복에 까만 베레모 쓰고 까만 007학생 가방 들고
방학 때 집에 내려가면 환한 미소로 반기며 버선발로 뛰쳐
나오셔서
나의 손 꼭 잡으시며 기뻐하시던 모습이
지금도 눈에 아른거립니다

공부하다 말고 어머니 일손 도우려고 나서면
고운 손 상한다고 구정물에 손도 못 담그게
자식 손 부여잡고 애지중지하시던 우리 어머니
그때는 당신의 자식이 대학 다닌다는 것이
대통령이나 된 줄로 아셨을 순진무구하신 우리 어머니

지금은
금쪽같은 자식들 육 남매에 열 손주 두시고
멀쩡한 집 두고 구순의 연세에
치매로 인생 종착역인 노인 요양병원 신세를 지고 계시니
이게 웬 말입니까? 어찌해야 하나요!
그저 애달픈 서러움에 눈물이 앞을 가릴 뿐입니다

코로나 시국에 면회도 안 되고 어쩌다 가끔
센터장님의 배려로 영상통화할 때면
"야 야 보고 싶다" 이 한 마디에 억장이 무너져 내립니다

온종일 병실 침대 구석에 쪼그리고 앉아 오로지 자식 생각에
텅 빈 콘크리트 천장만 바라보고 계실 불쌍한 우리 어머니
너무나 죄송하고 또 죄송합니다

행복과 사랑 푸르름으로 가득 찬 가정의 달 오월
오늘따라 어머니가 애타게 보고 싶습니다

지금 집 앞마당 화단에는 장미꽃이 흐드러지게 피고
뒷산에는 진달래가 만발하였는데
불쌍한 우리 어머니는 아시고 계실는지
불효막심한 소자 목이 메고 또 메이고
눈물이 앞을 가리고 또 가립니다.
부디부디 오래오래 만수무강하시옵소서 어머니

오는 어버이날
집 앞 화단에 곱게 핀 장미 한 송이 따서 찾아뵙겠습니다
사랑합니다. 어머니!

 제목 : 우리 어머니
시낭송 : 박영애
스마트폰으로 QR 코드를 스캔하면
시낭송을 감상할 수 있습니다

목련꽃 피는 아침

하얀 목련이 피는 날
우리는 서로 아침 인사로
눈부시게 예쁜 새날을 선물합니다

따사로운 봄 햇살이
하얀 목련꽃에 앉아
벌 나비를 부르면
나는
그리운 벗님을 불러 봅니다

맑고 푸른 하늘이
고귀하고 화사한 목련꽃들을 불러 모아
봄 잔치를 벌이면

나는
하얀 목련꽃 나무 아래서
핸드폰의 볼륨을 높이고
유난히 수다를 좋아하는
정든 임의 수다에 장단을 맞춥니다.

제목 : 목련꽃 피는 아침
시낭송 : 박영애
스마트폰으로 QR 코드를 스캔하면
시낭송을 감상할 수 있습니다

백목련꽃

목련 나무 가지가지마다
하얀 솜사탕이 파란 하늘 사이로
주렁주렁 열리고

활짝 핀 하얀 목련꽃이
가지가지마다 옹기종기 모여 앉아
따사로운 아침 햇살에 고운 자태 드러내니
눈부시게 화려하다

못다 한 사랑이 서러워
임 따라 가려는지
간간이 부는 산들바람에
하얀 눈물 꽃잎 뚝뚝 떨구는구나.

꽃바람 봄바람

하늘하늘 꽃바람에 가녀린 개나리는
노란 입 쫑긋쫑긋 병아리 떼 불러 모으고
하얀 목련꽃은
고고한 자태의 아름다운 향기로
상춘객을 맞이한다

따사로운 봄바람은
새싹들의 겨울잠을 깨우고
노랑나비 날갯짓에 희망의 봄노래가
파란 하늘 오선지에 음표를 그린다

솔솔 불어오는 실바람은
산천을 연두색으로 밑그림 그리기에 분주하고

살랑살랑 남실바람은
나목의 나뭇가지를 흔들어
매화꽃 목련꽃 활짝 피워
돌 빔으로 차려입고 돌 잔칫상을 받는다.

제목 : 꽃바람 봄바람
시낭송 : 박영애
스마트폰으로 QR 코드를 스캔하면
시낭송을 감상할 수 있습니다

숨어 우는 바람 소리 1

맑고 고운 청아한 벗님의
"숨어 우는 바람 소리" 노랫소리가
벚꽃길 따라 꽃바람에 실려 와
적적한 내 가슴에 파고들어
영롱한 아침을 깨웁니다

공원 산책로 오솔길에
흐드러지게 피어있는 벚꽃이
애잔한 선율에
잔잔한 나뭇가지를 흔들어
하나둘 꽃잎 뿌리며 하얀 꽃길을 만듭니다

짝 잃은 사슴의 슬피 우는 노랫소리는
허허로운 눈물로
애달픈 꽃잎 떨구며
길 잃은 나그네 산책로에
길게 늘어 누운 음표가 되어
슬픈 춤을 춥니다.

숨어 우는 바람 소리 2

구름처럼 피어나는 연분홍 살구꽃은
꽃구경 나들이객들의
스마트폰 갤러리에 옹기종기 들어앉고
맑고 고운 청아한 임의 노랫소리는
꽃바람에 실려와 내 가슴에 들어앉았습니다

숨어 우는 청아한 임의 선율은
노고지리 날갯짓에 연분홍 꽃잎 떨구며
사랑의 음률로 파란 하늘에 악보를 그립니다

아픈 사연 가슴에 묻고 독수공방하면서
남몰래 숨어 울어야만 했던
콩나물시루같이 한 많았던 세월

이제는 그 슬픔을 딛고
아름다운 멜로디로 승화시켜
임을 위한 축제의 행진곡을 부릅니다.

제목 : 숨어 우는 바람 소리 2
시낭송 : 박영애
스마트폰으로 QR 코드를 스캔하면
시낭송을 감상할 수 있습니다

꽃들의 반란(斑爛)

여기저기 피어나는 꽃들의 반란에
봄의 향연이 펼쳐진다.
꿈틀거리는 희망의 봄은
새 생명의 탄생을 알리며
노랑나비 흰나비에게 초대장을 보낸다

목련꽃 개나리꽃 벚꽃 동백꽃
봄을 깨우는 꽃들은 이름값하며
저마다 다른 모습 다른 향기로
나 여기 있소, 하며
화려한 자태를 뽐낸다

봄꽃 친구들 다 모여 동창회하고 나면
성질 급한 녀석들 봄바람에 눈꽃 휘날리며
초록 물감으로
여름을 채색하기에 분주하겠지.

벚꽃길

그대와 함께 셀카봉 들고
만개한 벚꽃길을
거닐고 싶었는데
꽃잎은 기다려 주지 않습니다

그대와 함께
거닐고 싶은 꽃길은
벌 나비가
이미 거닐고 있습니다

봄은 왔는데
기다려 주지 않는 봄이요
꽃은 피는데
임이 오지 않으니

만개한 벚꽃은
그대 향한 마음에 애만 태웁니다.

제목 : 벚꽃길
시낭송 : 박영애
스마트폰으로 QR 코드를 스캔하면
시낭송을 감상할 수 있습니다

멈춰버린 사랑

너랑 나랑 찢긴 가슴에
무엇을 담아야 할까
너랑 나랑 상처 난 마음에
무엇을 채워야 할까

어찌하면
구멍 난 사랑
멈춰버린 허기 난 시간을
메꿀 수 있을까

갈기갈기 찢기고 허물어진
못다 한 사랑에
텅 빈 시간이 채워질수록
슬픈 연정으로 피어나
연보랏빛 윤슬에 서걱댄다.

봄비

밤새 내린 봄비에
풀잎은 귀잠에서 깨어나
기지개를 켜고

빗방울 먹은 새싹들은
배부른 아가처럼
뱅그레 행복에 겨워
미소 짓는다.

봄비 젖은 꽃잎도
밤새 봄비와의 첫사랑에
수줍은 듯
발그레 웃음꽃 피운다.

기일 팔공산 은해사에서

음력 오월 이십일 가신 임의 기일이다
그리운 임 계신 곳 천년고찰 은해사
몽글몽글 안개비가
억만년 고고한 자태 산허리를 휘어감아 품어 안고
나의 귓전에 입맞춤하며 어서 오라고 속삭인다.

하늘 가린 안개비는 희뿌연 드레스를 걸치고
송골송골 치솟아 면사포구름 품에 안긴다.

고고(高古) 한 푸른 자태 천년 고송(古松)은
한 폭의 산수화에 화룡점정(畵龍點睛) 찍고
말없이 미소 지으며 애환 서린 이내 마음을
살포시 안아준다.

임 계신 산마루엔
이름 모를 산새들이 재잘재잘 반겨주고
임의 벗 다유기는 작은 소나무 아래서
방긋 방긋 미소 짓는다

마음의 삼 년 애도(哀悼)로 슬피 울고
이제사
눈물을 닦고 그토록 사랑했던 임의 손을 놓고
잘 가라 작별 인사 나눈다.

제목 : 기일 팔공산 은해사에서
시낭송 : 박영애
스마트폰으로 QR 코드를 스캔하면
시낭송을 감상할 수 있습니다

꽃등

자유로운 영혼 풍류객인 나에게도
칠흑같이 어두운 밤이 있었습니다
아픔을 주체할 수 없어
가로등을 끌어안고 통곡한 적이 있었습니다

한잔 술에 무작정 거리를 헤매다
발길 닿은 곳은 노래 연습장
텅 빈 노래방 한구석에 쭈그리고 앉아
아픈 이별의 슬픈 곡조를
눈물로 마구 쏟아낸 적이 있었습니다

사별의 삼 년, 이제는
못다 한 사랑으로 찢겨진 상흔에
희망의 꽃등 달고
'시문학'이라는 또 다른 애인을 만나
황금 꽃 한 송이 예쁘게 피웁니다.

황혼 커플

삶의 여백에
사랑 배려 행복을 한 바구니 담고
황혼이란 소풍 열차에 몸을 싣는다

저녁노을 반기는 사랑 찾는 소풍 길
우리는 그 길을 함께 하기에
늘 행복의 꽃향기가 가득합니다

함께 걷는 걸음걸음마다
꽃잎 사랑 보랏빛 행복이
흰 눈 쌓이듯 소복소복 쌓여만 갑니다

알콩달콩 함께한 모든 날들이
참으로 소중하고 값진 것이었다고

나의 시간이 다 하는 날

서쪽 하늘 붉게 물들인 저녁노을로
아름답게 소회되었으면 합니다.

제목 : 황혼 커플
시낭송 : 박영애
스마트폰으로 QR 코드를 스캔하면
시낭송을 감상할 수 있습니다

주안상 위에 피는 황혼 사랑

젓가락 두 모
숟가락 두 개
도란도란 사랑 꽃 피어난다

사랑 담은 부추 전에
행복 볶은 해물 낙지
사랑도 조물조물 행복도 조물조물
정성도 섞고 설렘도 섞고
요리박사 솜씨 뽐내고 뽐내며
사랑의 주안상 차려진다

주거니 받거니 한잔 술에
행복도 마시고 사랑도 마시고
오순도순 이야기꽃 피우며
황혼의 사랑은 익어간다

오늘 밤은
이슬비에 젖어 들듯
정든 임에게 젖어 들어
밤하늘의 별들이 스러져 잠들 때까지
안주에 취하고 술에 취하고
사랑에 취하고 싶다.

제목 : 주안상 위에 피는 황혼 사랑
시낭송 : 박영애
스마트폰으로 QR 코드를 스캔하면
시낭송을 감상할 수 있습니다

고운 벗님 멋진 벗님

별꽃이 수놓는 봄밤 하늘에
수줍은 초승달님 나들이 나오셨네

멋진 벗님은
고단한 일상(日常)을 달님께 맡기고
달빛 별빛 쏟아지는 꿈나라로
두둥실 두리둥실 소풍 떠나네

사랑의 연꽃 고운 벗님 오시는 길
방긋방긋 별꽃이 손짓하거들랑

별님을 길동무로 달님을 길잡이로
뽀송뽀송 구름 타고 얼른 오셔요.

국기 태권도

흰 도복 검은 띠 백의 천사들의 금빛 발차기
현란한 뛰어 회축 눈부시게 화려하네
세계를 향한 뛰어오르기 태극기가 휘날리니
날으는 곳마다 애국가 물결 발차기마다 국위 선양

예의 염치 인내 극기 백절불굴 홍익인간 혼을 담고
78억 지구촌을 날아올라 스포츠 외교 으뜸일세

막기 지르기 차기 격파 겨루기 품세 태권무
힘찬 기합 소리 국운 융성 웅비하니
태극 고려 금강 태백 평원
십진 지태 천권 한수 일여
방어 공격 연속 동작 단계별 품세 흥미롭네

흰띠 노랑 녹띠 청띠 밤띠 홍띠 흑띠
수련척도 가늠하고
올림픽 효자종목 꿈나무로 싹틔우니
힘주어 고쳐 맨 도복 띠에 예의범절 묻어나네.

제목 : 국기 태권도
시낭송 : 박영애
스마트폰으로 QR 코드를 스캔하면
시낭송을 감상할 수 있습니다

마음이 동(動)하는 날엔

마음이 동(動)하는 날엔
야릇한 설렘이 둥실둥실 춤을 추고
마음에 품고 있던
신기루 그곳을 향한 그리움은
향기로운 봄바람에 실려 창공을 유영한다

마음이 동(動)하는 날엔
꽃향기에 취하듯 미소 머금은 상상의 나래는
쉼 없이 몽글몽글 피어난다

마음이 동(動)하는 날엔
옷장 속에 고이 모셔둔 패션복은
골백번 들락날락 몸살을 앓는다

마음이 동(動)하는 날엔
그리움도 사랑도 덩달아 춤을 춘다.

수담(手談)

삼백예순 한 칸 사각의 링 위에
육 해 공 전군을 투입해서
두뇌 스포츠 경기장 바둑판을 앞에 두고
반집 승부 싸움판이 벌어진다

뚝딱뚝딱
반상盤上에 떨어지는 돌 소리에는
희로애락喜怒哀樂이 묻어나고
오만가지 감정들의 놀이터가 된다
아이코, 억, 헉, 한숨소리, 비명소리,
아쉬운 소리 여기저기서 흘러나온다

경쾌한 돌 소리는 기세와 기쁨의 소리요
힘없이 툭 놓는 소리는 기세가 꺾인
낙담의 소리다
옆에서 훈수 두는 소리는
밉상 중의 밉상의 소리로다

좋은 벗들과 정자에 마주 앉아
신선놀음을 즐기니
세상 시름 다 잊는다
죽었다 살았다, 살았다 죽었다
어찌 이 기막힌 스릴감을 꿈엔들 잊을쏘냐.

꽃도 한철 인생도 한철

꽃은
봄에 기대어 한철 살고
인생은
만남에 기대어 한철 살고
각기 사는 방식이 다르다 하나
가는 길은 매한가집니다

한철 화려하게 피었다가
시들시들 떨어지고
한철 화려하게 피었다가
시들시들 생을 다하니
꽃도 인생도 가는 길은 매한가집니다

이 꽃 저 꽃
향기가 다 다르듯이
이 사람 저 사람
향기도 다 다릅니다

저마다 세상을 향해
다른 향기를 화려하게 뿜어내지만
갈 때는 시들며 시들며
한없이 초라한 모습으로 가더이다.

너도나도 눈물 젖은 낙엽인걸

마른 낙엽 한 잎
파란 가을을 가슴에 품고
일생을 마감하며 내게 묻는다
'이 가을이 어떠냐고'
가을을 품고 떠나는 네가
부럽기는 하지만
너도 나도 눈물 젖은 낙엽인걸
그걸 왜 묻느냐고 되물으니
너희 인생도 나와 다를 바 없으니
그냥 처량해서 물어본 거란다.

자식 사랑

아들아
꽃술을 스치는 잔바람에
고운 꽃잎 떨구듯이

너의 소소한 몸짓 하나에도
아버지는
천당과 지옥 오간단다.

품 안의 자식

아들아!
꼬물꼬물 귀엽게 재롱부리던
너의 빰에 뽀뽀하고
안아주고 업어주며
재미나게 키우던 그때가
아버지는 봄날이었단다

장성해서 내 품을 떠나 있으니
허허로운 텅 빈 마음은
삭풍에 외로이 견디는 나목처럼
삭막한 겨울이로구나!

그러나
언제나 충만한 자신감으로
세상과 맞서서
기세당당하게 잘살고 있는
모습을 떠올리면
텅 빈 마음은 금세 행복으로
채워진단다

사랑한다 아들아!

꽃도 사랑도

씨앗을 뿌려놓고
물을 주지 않으니
꽃을 피울 수가 없고

사랑을 심어놓고
마음을 주지 않으니
그리움만 쌓이는 게지

꽃도 사랑도
가꾸는 만큼 피고 지나니

오월

초록으로 물든
오월이
참 좋구나

나도
이렇게 푸르렀던 날이
있었던가

지나고 보니
인생사
모든 게
하룻밤 꿈만 같구나

그대는 나의 꽃이랍니다

그대는 나에겐
휘영청 밝은 달도 부끄러워하는
아름다운 꽃이랍니다

그대는 나에겐
봄바람에 흩날리는
라일락 향기도 수줍어하는
향기로운 꽃이랍니다

그대는 나에겐
영롱한 아침 이슬이 시샘하는
맑은 영혼을 가진
싱그러운 꽃이랍니다

내가 보고파 그리울 땐
언제나 나의 벗이 되어주는
그대는 나에겐
영원히 지지 않는 꽃이랍니다.

제목 : 그대는 나의 꽃이랍니다
시낭송 : 박영애
스마트폰으로 QR 코드를 스캔하면
시낭송을 감상할 수 있습니다

아니 벌써

봄인가 했더니
연두색으로 물들었네
꽃이 핀다 싶더니
꽃잎은 지는구나

청춘인가 했더니
백발이 성성하고
할 일은 많은데
세월은 기다려 주지 않는구나

저녁노을이
서산에 기대고 서서
마음 둘 곳 몰라
허둥대는 나를 보고
왜 그렇게 바보같이 살았냐고
조롱하는구나!

당신은

당신은
샘물 같은 사람입니다
당신에게서
순진무구한
청량한 향기가 납니다

당신은
깊은 산 속 옹달샘 같은
사람입니다
당신에게서
꾸밈없는 순박한
맑은 향기가 납니다

당신은
아름다운
천상의 목소리를 가졌어요
맑고 청아한
목소리에
싱그러운 향기가 납니다.

영덕대게

어물전 좌판대에 하얀 배 드러내고 누워
몸값을 한껏 올린다.
쭉쭉 뻗은 날씬한 대나무 다리 열 개에
두 눈에 볼록 튀어나온 동그란
헤드라이트가 반짝반짝 빛난다

갑옷 벗고 뽀얀 속살 드러내니
소주잔이 춤을 추고
맛과 육질이 고소해
미식가들의 사랑을 한 몸에 받는다

꽃피는 춘삼월이 제철이라
대게 거리는 북새통이고
여기저기 찜통에서 피어나는 뿌연 김은
호객행위에 분주하다

천하 일미 대게 맛에 취하고
부서지는 파도 소리에 흥을 더하니
만선의 뱃고동 소리는
영덕 명물 먹거리 추억을 싣고
넘실넘실 춤추며 강구항에 입항한다.

사랑은

사랑은
달콤한 사탕만 주는 게 아니랍니다
쓰디쓴 열매도 주는 거랍니다

사랑은
알콩달콩 행복만 주는 게 아니랍니다
텅 빈 가슴 도려내는
슬픔도 주는 거랍니다

사랑은
오래 참는 거라지만
기다림에 지칠 수도 있는 거랍니다

사랑이 깊은 만큼
아픔도 깊은 거랍니다

사랑은
따뜻한 말로 수시로 표현하고
참된 행동으로 언제나 실천하고
진실한 마음으로
가슴 깊이 품어 안는 거랍니다.

제목 : 사랑은
시낭송 : 박영애
스마트폰으로 QR 코드를 스캔하면
시낭송을 감상할 수 있습니다

세월

세월이
아픔은 데려가던데
그리움은 데려가지 않네요

세월이
슬픔은 가져가건대
텅 빈 마음은 채워주지 않네요

세월이
망각의 선물은 주는데
또렷한 기억의 순간
사랑이 남기고 간 흔적들은
고스란히 남겨두네요

그래서 늘 텅 빈 마음에
사랑의 흔적들을 가지고
그리움으로 살게 하니

지워지지 않는 함께한 세월이
가슴 한편에서
그리움에 몸부림칩니다
이 또한
세월이 깊어지면 가져가려나.

세월아

석양을 품어 안은 서산마루에 걸터앉아
내 걸어온 인생길 반추해 보니
좋은 날 궂은날도 있었지만
늘 앞만 보고 바쁘게만 달려온
숨 가쁜 삶이 아쉬운 회한으로 남는다

정신 차려 앞을 보니 황혼길이라
이제는
우아하게 중후하게 폼 나게
꽃향기 풀 냄새 맡으면서
산도 보고 들도 보고
황소걸음으로 느릿느릿 걸어가야겠다

세월아
급하게 가려거든 너 먼저 가거라
이내 몸은
유유히 흘러가는 뭉게구름 벗 삼아
달빛 내린 호숫가에 낚싯대 드리우고
별도 보고 달도 보면서 쉬엄쉬엄 가련다.

제목 : 세월아
시낭송 : 박영애
스마트폰으로 QR 코드를 스캔하면
시낭송을 감상할 수 있습니다

월궁항아님 오셨네

내 마음에 보름달이 떴습니다
월궁항아님이 동지섣달 북풍한설 풋눈 타고
삭풍에 너울너울 춤추며 허허로운 텅 빈 내 가슴에
살며시 스며들어왔습니다

한파가 몰아친 그날
쏟아지는 별빛과 화려한 조명이 어우러진
월영교 정자 지붕 위에 걸려있는 보름달 품에
우리는 포근히 안겼습니다

화이트 롱 코트 옷깃에 스민
어여쁜 항아님 향취에 취하고
월영교 화려한 야경에 취해
우리는 서로의 마음을 보랏빛 엽서에 곱게 새겨
사랑의 미로로 빠져듭니다

그날 밤 황홀한 시간을 가슴으로 담은 우리는
밤하늘의 수많은 별들의 박수갈채를 받으며
고운 벗님 멋진 벗님이란 새 이름표를 달고
황혼커플 전설의 사랑 이야기를
아름답게 써 내려갑니다.

나의 벗님 시어詩語

새해 벽두 풍류 시인의 작은 꿈은
아름다운 시어들을 벗 삼아
지평선 너머 초록으로 광활하게 펼쳐진
글밭 정원을 한없이 거닐고 싶다

아지랑이 꼬물거리는 동산길 따라
푸른 파도 출렁이는 수평선 너머
상상의 섬 무인도에 돛단배 띄워
봄 햇살 머무는 푸른 언덕 초원에
꽃향기 풀 냄새 그윽한 메타의 숲 그곳에
행복이 꿈틀거리는 상상의 나래를 펴고
사랑하는 벗님과 함께 거닐며
깊은 밀어를 속삭이고 싶다

그리운 벗님이 머무는 신기루 그곳
언제 어디든지 가슴 벅찬 기쁨과
보랏빛 첫사랑 설렘을 안고
무작정 달려가고 싶다

오늘도 그대 그리움의 목마름에
상념의 촛불을 태우고
말라가는 먹물을 바라보며
붓대를 세웠다 눕혔다 날밤을 지새운다.

땡큐 크리스마스 트리

알록달록 일곱 색깔 별들이
배롱나무 나목 가지가지마다 소복이 내려앉아
방긋방긋 사랑을 유혹하며
수줍은 듯 프러포즈합니다

아름다운 별들의 축제 무대에
경쾌한 산타 할아버지 캐럴송이
은은한 달빛을 타고 내려오는
눈썰매에 가락을 싣고
온 누리에 사랑의 축복을 나눕니다

밤을 밝히는 눈썹달님은
반짝반짝 아기별들의
현란한 춤사위에 넋을 잃고
빌딩 숲 꼭대기에 덜썩 주저앉습니다

솔가지에 걸터앉은 앞산 부엉이도
아기별들의 유희에 흥에 겨워
사냥을 잊은 채
동지섣달 기나긴 밤
주린 배 부여잡고 하얀 밤을 지새웁니다.

정동진에 취하다

삶이 힘들고 지칠 때
꽉 막힌 콘크리트 도심을 탈출해
푸른 바다를 찾아 나선다.
푸른 물결 춤추는 동해 바다는
싱싱한 생동감으로 무한한 에너지를 안겨준다

천혜의 땅 천연의 비경을 자랑하는 정동진의 아침은
부서지는 파도를 타고
장엄한 자태로 붉게 치솟아 오르는 일출의 장관은
가히 천하를 집어삼키는 기세로다

부채길 따라 바다를 품어 안고
가슴속 삶에 찌든 응어리를 모조리 토해내
꿈틀거리는 파도에 실어 보낸다

위풍당당 정동진 바다의 파수꾼
썬크루즈가 용맹하게 지켜보는
확 트인 망망대해 수평선은
파란 가을 하늘과 입맞춤하며 길게 늘어 눕는다

밀려오는 파도에 음반을 깔아놓고
괭이갈매기 흥겨운 노랫소리를 들으며
바다에 취하고 아름다운 비경에 취한다.

제목 : 정동진에 취하다
시낭송 : 박영애
스마트폰으로 QR 코드를 스캔하면
시낭송을 감상할 수 있습니다

효성

낙엽 한 잎
나무초리에 대롱대롱 매달려
삭풍이 아무리 흔들어 대도
끄떡하지 않고
못다 한 스토리 써 내려가며
뱅글뱅글 돌고 돌며 안간힘을 다한다

저녁연기 피어나는
내 고향 집 앞마당에
감나무 꼭대기 홍시 한 알
형제자매 제때 다 떠났지만
아직도 할 일이 남아
홀로 외로이 버티고 있다

낙엽도 홍시도
얼기설기 농익은 자태로
밤이슬 찬 서리 맞아가며
텅 빈 마음 외로움에 슬퍼하는
늙은 어미를 지키기 위해
혼신의 힘으로 효성을 다하는 모습이
참으로 눈물겹다

가을 갈무리

은행나무 초리에 매달린
노랑 잎새는
나뭇가지에 걸린 햇살에
아쉬움 걸어두고

불어오는 소슬바람에
걸터앉아
가을 갈무리 여행을 떠난다

갈색 옷을 벗은
미루나무 우듬지에 까치집엔
찬바람이 들어앉고

황금물결 들판은
무거운 짐을 내려놓고
논바닥에 덜렁 드러눕는다

가을이 써 내려간 홍엽 편지는
갈색 추억을 담아
책갈피에 잠든다.

정든 임

풋풋한 솔향기에 그리움이 실려 오면
정든 임은 전설 속에 선녀가 되어
보름달처럼 환한 미소로
설레는 내 마음에 살며시 스며듭니다

영롱한 아침 이슬처럼
해맑은 미소로 다가와
가랑비에 젖어 들듯 촉촉이 젖어 듭니다

초롱초롱한 꽃별 같은 눈빛으로
햇살처럼 따스한 천사의 모습으로
내 마음을 흔들어 놓습니다

옥구슬처럼 청아한
임의 노랫소리는 솔바람에 실려 와
별빛 쏟아지는 호수에 잔물결 일렁이며
내 영혼을 깨웁니다

정든 임의 소소한 작은 움직임까지
무한정 내 마음에 담아두고
오늘도 그리운 향기로 임 마중 나갑니다.

제목 : 정든 임
시낭송 : 박영애
스마트폰으로 QR 코드를 스캔하면
시낭송을 감상할 수 있습니다

봄은 무르익어가고

연분홍 꽃향기가 코끝을 깨우고
라일락 향기가 새벽을 깨운다
생동의 물결은
봄 바다에 한가로이 유영한다

봄은 무르익어가고
인생도 무르익어가니
흘러가는 세월이 너무 빨라서
떨어지는 꽃잎 따라
쫓아가는 내 마음도 급하기만 하지만

세월 따라
봄이 익는다는 것은
여름을 잉태하기 위함일테고
저녁노을 따라
인생이 익어 간다는 것은
북망산천 가는 길을 재촉하는 거겠지.

기대어 사는 삶

화려했던 봄날의 꽃잎이 피는 듯 지고 나니
촉촉이 내리는 봄비가 새싹을 깨워
연두 춤을 추는데

난 어찌하여
봄비에 젖어, 지는 꽃잎에 젖어
슬픈 눈물 적시나
이렇게 허전하고 쓸쓸한 날은
누구에게 기대어 살까나

마음은 싱숭생숭
일은 손에 잡히지 않고
저 산 너머 그리운 임 사무치게 보고픈데
이런 날은
누구에게 기대어 살아야 하나

이렇게 그리움이
하얀 파도 되어 거칠게 밀려오는 날
기댈 수 있는 사람 곁에 있다면
소주잔 춤사위에 흥을 깨워
하얀 밤 지새우며 그의 품에 기대어 보련만.

지금쯤 내 고향엔

지금쯤
봄이 무르익어가는 내 고향 앞산엔
피어 만발한 진달래가 온 산에 흐드러져
옛사랑 그리움에 연분홍 꽃잎 떨구겠지

봄 햇살로 가득 찬 뒷산 산기슭
우리 아버지 산소에도
지금쯤
새벽이슬에 꽃망울 틔운
하얀 민들레도 예쁘게도 피었겠지

꽃 족두리 만들어
신랑 신부 놀이하며 뛰어놀던
할미꽃 피는 내 고향 뒷동산엔
지금쯤
추억 속에 아지랑이도 봄바람 타고
아물아물 피어오르겠지

아! 그립고 가고파라
고향산천 정겨운 물소리 새소리
소꿉친구 정아야 영아야
진달래꽃 지기 전에 고향 한번 다녀오자.

제목 : 지금쯤 내 고향엔
시낭송 : 박영애
스마트폰으로 QR 코드를 스캔하면
시낭송을 감상할 수 있습니다

목련은 나를 보고

목련은 나를 보고
고귀하고 중후하게 살라 하고
벚꽃은 나를 보고
맑고 티 없이 순결하게 살라 하네
개나리는 나를 보고
아직은 할 일이 남았다고
희망을 품고 살라 한다

저마다
고귀함
순결
희망이란 꽃말로
화려하게 제 이름값하며
한 시절을 멋지게 풍미하는데

꽃들은 나를 보고
한평생 살면서
화려하게 핀 적은 있었는지
세상에 남긴 흔적은 무엇인지
조롱하듯 묻고 있구나.

아! 오월이 참 좋다

아! 싱그러운 오월이 참 좋다

송이송이 예쁘게도 핀 장미가
고운 자태로 반기고
오월을 흔들어 대는 아카시아꽃향기는
벌 나비와 함께 춤바람이 났다

길가에 줄지어 늘어선 이팝나무는
가지가지마다
함박눈으로 탐스럽게 꽃을 피워
상춘객들의 카메라 세례에
포즈 취하기 바쁘다

은은한 향기를 뿜어내는 찔레꽃은
오월의 언덕을 설경으로 물들이고
밤새 내린 봄비에 초목들은 쑥쑥 자라
푸르름을 자랑한다

아! 우리네 인생도
싱그러운 오월처럼
만고에 푸르렀으면 참 좋겠다.

친구에게

나에겐
마음으로 흠모하는 친구가 있다

너무 멀리 있어
너무 높은 곳에 있어
너무 바빠서
만나지도 전화도 하지 못하는
마음으로만 흠모하는 친구가 있다

사원복지를 최우선으로 인간중심의 정도경영 마인드로
월드 클래스 300 기업 선정
오일씰분야 세계 1위 기업 (주) 진양오일씰
그 중심에 걸출한 기업인 이명수 사장님이 그 주인공이다
참 착한 기업인이다

사원복지를 바탕으로 성공을 일구어낸 모범 기업인
그래서 나는 그를 흠모한다.

입지전적으로
입신양명한 인물로
겸손과 베풂을 몸소 실천하는
착하디착한
그런 소박 하고 인간미 넘치는
그 친구가 나는 좋다

회사 경영에 바쁜 일상이라서
비록 카톡으로 안부 인사 정도
나눌 수밖에 없는 여건이지만

자랑스러운 친구로
늘 그곳에서
착한 기업인으로
열심히 일하는 모습
바라보는 것만으로도
나는 좋다

친구야
세계 1위 기업 달성
축하 한데이
그리고
사랑 한데이~~

제목 : 친구에게
시낭송 : 박영애
스마트폰으로 QR 코드를 스캔하면
시낭송을 감상할 수 있습니다

신축년 보름달

하얀 박꽃 피는
초가지붕 위에
한가위 보름달이
어두운 그림자 드리우고
어기적어기적 걸어 나온다

명절이라
한가위 보름달이
어떤 이에게는
달갑잖은 반웃음으로
어떤 이에게는
통한의 눈물로

환영받지 못할 보름달이
깊은 상념에 빠져 허우적거린다.

심쿵

어스름 길 따라
밝은 달이 솔가지에 걸리면
불현듯 나는 그대가 그리워집니다

소곤대는 별들이
은하수로 피어나면
불현듯 나는 그대가 보고파 집니다

달이 뜨고 별이 피면
주체 못 할 심쿵이
연정으로 피어납니다

이런 마음
솔가지 꼭대기에 풀어 놓고
달이 뜨고 별이 피면
그대 향한 마음
한 줄기 바람으로
솔가지에 내려앉습니다.

모닝커피

코스모스 커피잔에
모락모락 피어나는 커피 향은
누구의 향기일까

갈색 연못에 꽃무늬 춤사위로
상쾌한 아침을 깨우는 댄서는
누구일까

짤록한 커피잔에
진하게 찍어 놓은 연분홍 입술은
누구의 사랑일까

그건 아마도
사랑 고픈 님께서 남기고 간
그리움의 향기겠지요

까닭

가을 하늘이
파랗게 출렁이는 건
까닭이 있을 거야
그건 아마도
슬픈 달그림자가 쏟아 놓은
이별의 눈물일 거야

가다가 멈춰선
저 뭉게구름도
저절로 핀 게 아닐 거야
그건 아마도
못다 한 사랑이 서러워
먼 여행길에 임께서 벗어 놓은
아쉬움의 증표일 거야

달그림자에 술잔 띄우고

한여름 밤 달빛 품어 안은 월영정에
달그림자 곱게 내리고
연모하는 그대와 마주 앉아
사랑 한 잎 행복 한 잎 술잔에 띄우니
살가운 사랑 이야기는
애틋한 전설이 되어 강물 위에 흐릅니다

흔들리는 술잔에 야경을 담아
달그림자 위에 붓대를 세우면
속삭이던 별들은 숨죽이고
달그림자는 수줍어 저만치 달아납니다

달빛 담은 시 운율에 붓대가 춤을 추면
달도 별도 덩달아 춤을 춥니다

한바탕 춤사위로 흥에 취한 달그림자
여명의 품에 길게 늘어 누우면
한여름 밤 풋풋한 사랑의 춤사위도
아름다운 한 편의 시가 되어
행복을 베고 늘어 눕습니다.

제목 : 달그림자에 술잔 띄우고
시낭송 : 박영애
스마트폰으로 QR 코드를 스캔하면
시낭송을 감상할 수 있습니다

슬픈 비

아! 임이 오시려나
눈물 적신 아픈 비가 텅 빈 내 가슴에
주룩주룩 내립니다
임께서 가신 그날에도
가슴 적신 슬픈 비에 그 이별 서러워
하늘도 울고 땅도 슬피 울었는데

아! 슬픈 곡조를 타고
하염없이 눈물을 흘립니다
우리 임이 오시려나
못다 한 사랑이 서러워 눈물 되어
가슴을 타고 내립니다

아! 그립고 그리워라
이렇게 비가 오는 날이면
우산 속 달콤한 밀애를 즐겼던 그 사랑이
희뿌연 빗줄기에
그리움으로 아련히 피어납니다

아! 임이 오시려나
슬픈 비 앞장세워 차마 임이 오시려나.

꽃향기 축제

아카시아꽃향기가 꽃밭에 내려앉아
벌 나비 불러 모아
꽃향기 축제를 벌인다

꽃들은
향기에 취한 벌 나비 춤사위에
홍조 띤 얼굴로 신바람이 났다

이 꽃 저 꽃 예쁘게 몸단장하고
저마다 독특한 꽃향기로
벌 나비를 유혹하느라 정신이 없다

벌 나비는
꽃들의 마음을 흔들어 놓고
이 꽃이 예쁘나
저 꽃이 예쁘나
간을 보며 능청을 떠니 꽃들은 애가 탄다.

연분홍 사랑

연노랑 꽃술에 이는 초록 바람이
찔레꽃 향기로 수술을 흔들어
암술의 머리에 꽃가루를 뿌리며
연분홍 사랑을 유혹한다

연분이 난 찔레꽃의 사랑 나눔에
벌레 먹은 잎새 사이로
몰래 훔쳐보는 노랑나비 흰나비

콩닥콩닥 뛰는 가슴 주체할 줄 몰라
빨갛게 달아오른 수줍은 얼굴 식히느라
나불나불 부채질에 정신이 없다

오월은 이렇게
벌 나비도 춤추고 꽃도 춤추고
사랑도 익고 행복도 익고
푸르게 푸르게 짙어간다.

슬픈 별 하나

저 오월의 밤하늘에 반짝이는 별들도
누군가를 가슴에 묻고
그리움이란 걸 가지고 살까

저 칠흑 같은 어둠 속에
묵언의 시위를 하며
희미하게 꺼져가는 아빠별도
별똥 되어 떨어진
짝 잃은 엄마별을 그리며
가슴 아린 슬픈 사연을 가지고 살까

적막하고 고요한 밤
은하수 이슬 되어 내리는 호숫가에
쓸쓸히 홀로 앉아
나무초리에 걸린 슬픈 별들과
동병상련의 아픈 사연을 나누며
여명을 맞이한다.

너와 나의 세상

너와 내가 함께 만들어 가는 세상
우리들의 작은 변화로 소소한 몸짓이 모여
살맛나는 큰 세상을 만든다

너와 나의 세상 꽃피고 새우는 무릉도원은
너와 나 우리들의 착한 생각
정의의 몸짓으로 만들어진다

우리들의 평화로운 지상 낙원은
너와 나 호미 들고 괭이 매고
사랑이란 선의의 씨앗을 마음 밭에 심어야
봄바람에 꽃피듯
행복의 낙원이 피어나는 게다

우리에게 부여받은 행복의 특권은
마음먹기에 따라
마음가짐에 따라
값지게 누릴 수 있는
신이 내린 최고의 선물로 다가온다.

친구

술은 오래될수록 좋다고 하나
오래되지 않아도 좋은 술이 있다
양주나 위스키 와인은
오래될수록 독특한 향과 맛이 좋고
약주나 막걸리 발효주는
오래되면 맛과 향이 떨어진다

친구도 맑은 와인같이
속까지 훤히 보이는 맑고 깨끗한
오랜 친구가 좋기는 하나
막걸리같이 오래되지 않고도
털털하고 시원시원한 맛과 향이
때로는 좋기도 하다

내 모든 것 속속들이 다 알고 있는
맑은 와인 같은
오랜 친구가 편하고 좋기는 하나

알려고 하지도 않고 그냥 있는 그대로
너도 모르고 나도 모르고
새롭고 산뜻한 맛과 향을 음미할 수 있는
신기루에 갇혀 있는 막걸리 같은 새 친구가
때론 삶의 청량제가 되기도 하다.

잘 웃는 사람은 잘 산다

잘 웃는 사람은 잘 사는 사람이다

잘 웃는다는 것은
스스로 마음의 여유를 다스리고
타인과의 정서적 공유를 유연하게 받아들여
웃음으로 승화시킬 줄 알기 때문이오

얼굴에 환한 미소를 띠기까지
그렇게 자아를 깨워 자각하고 계발하여
자신을 끊임없이 사랑할 줄 알기 때문이다

잘 웃는 사람은 행복을 안다

스스로 삶의 방정식을 깨쳐
기쁨과 즐거움을 발산하고
소소한 일에도 삶의 의미를 부여할 줄 아는
긍정적인 마인드가 있기 때문이다.

바람아

바람아 솔바람아
곱고 진한 향기로
다육이 꽃술을 흔들어다오
그 향기는 내 임의 향기이니
원 없이 맡고 또 맡고 싶나니

바람아 밤바람아
서산마루에 둥근달이 앉거들랑
그리움에 슬피 우는
외기러기 소식 전해주고

밤하늘에 외로이
홀로 뜨는 별이 있거들랑
살며시 다가가서
밤마다 대청마루에 나가
아직도 그 사랑 잊지 못해
그 별을 기다린다고 전해다오

우리네 인생

지나온 세월 뒤돌아보니
걸음걸음마다 잡풀만 무성하구나
그나마 앙증맞은 작은 꽃잎
간간이 피우기도 하였지만
그중에 나의 꽃도 있기는 하랴마는
이것이 우리네 삶인 것을 탓한들 무엇하리

한 걸음 내디딜 때마다
보랏빛 꿈으로 수놓으며
흘러가는 숱한 세월에
청춘을 다 내어 주었는데
남은 거라곤 잡풀 밭에 백발만 흩날린다

고개 들어
저만치 남은 세월 바라보니
그저 나목을 울리며 휑하니 스쳐 지나가는
한줄기 삭풍 같아
서글픈 회한의 눈물만 적시는구나!

인생이란 이런 거더라

겪어보니
인생이란
아침 이슬처럼
한순간에 사라지는 연기 같더라

살아보니
삶이란 거
너무나 허망해서
바람 앞의 촛불로
언제 갈지 모르는 게 인생이더라

살아보니까
삶이란 게
행복과 불행을 양손에 잡고
시소 타는 것 같더라

올라갔다
내려갔다
가끔 떨어져 다치기도 하면서
그렇게 그렇게 사는 것이 인생이더라.

사랑의 관심거리

질투야
나 사랑이와
오늘도 함께 할 거지
멀리도 가까이도 아닌
늘 적당한 거리에 있어 줄래
너무 멀리 있으면 무관심해져 싫고
너무 가까이 있으면 싸우기 일쑤니까
함께하되
사랑의 관심거리를 지켜줘
너랑 나랑은
영원을 함께 해야 할 사이니까!

꽃잎 하나 피우기까지

봄눈 품은 옥토는
꽃대를 세우고
봄비 태운 먹구름은
연초록 새싹 틔운다
봄을 먹은 햇살은
초록 이파리 물들이고
사랑 고픈 바람이
꽃술을 흔들어 벌 나비 유혹하면
꽃물 젖은 안개비는
꽃밭에 내려앉아
고운 꽃잎 피운다.

그대 보고픈 날이면

그대
보고픈 날이면
나는
창가에 앉아
배부른 먹구름에
비를 낳아달라고
떼를 씁니다

주룩주룩 쏟아지는
빗속을
넘어질 듯 달려올
그대 생각에…….

노을빛 품은 가을

낙엽 한 잎
툭 떨어져
흰 머리카락 휘날리며
텅 빈 가슴에 안긴다

반기지 않는
세월인가 했더니

서녘으로 흐르는 시냇물에
윤슬로 곱게 핀
황홀한 노을빛 품은
가을이더라.

나목

발가벗은 이유는
아마도
스스로
검증하라는 뜻일 거야

봄
여름
가을
많이도 먹었으니

2021 민심

저 잿빛 하늘에
서럽게 핀
길 잃은 성난 먹구름은

시절이 하 수상하여

고추잠자리가
토해 놓은
참담한 울분입니다

차 례

17년 만에 북인도를 갔다. 오래전에 찍었던 사진을 크게 인화해서 인연을 찾아가는 여행은 설레는 미션이었다.

안나푸르나 설산이 보이는 '마야'네 민박집을 어렵게 찾아냈지만, 이사를 간 지 10년이 지나 있었다. 그러나 신들의 나라, 신들의 도움으로 카트만두에서 마야를 만났다.

만년설봉의 찬 기운에 눈물. 콧물을 흘렸던 사진 속 세 살짜리 마야의 아들 '수면'은 스무 살 청년이 되었다. 17년 전에 찍은 가족사진을 들고 찾아온 나를 끌어안고 흐느끼는 마야의 이마에 붉은 점을 보며, '알랭 드 보통'의 『여행의 기술』이 떠올랐다. 히말라야 만년설 앞에서 오래된 약속을 지킨 이 여행이 나에게는 황홀한 '시간의 점'이었다.

여행이 끝나고도 한동안 원색의 꿈을 꾸었다. 졸리는 눈으로 『인도 또 인도!』를 읽다가 찬연한 꿈결로 흘러가는 누군가에게, 이 책이 인도양으로 향한 돛단배를 밀어주는 바람이 되었으면 좋겠다.

지리산에서 권갑점

머나먼 인도! 멀기 때문에 인도를 택한 30대 여자는 오감의 나침반이 가리키는 방향으로 동.서남북을 여행했다.

인간으로 둔갑한 신들이 명상하는 바라나시에 혹했고, 인도 최남단 깐냐꾸마리에서 바다에 빠진 태양의 순간을 카메라에 건졌다. 온 도시가 바위로 이루어진 함피의 보름달과 원숭이 그리고 2,300미터 고지대에 있는 코다이카날의 사람이 만든 별호수, 자이살메르 사막에서 나무 위를 걷던 공작새를 만나 깃털 같은 에피소드를 일구며 사람들을 만나 감응하고 기록하고 인연을 예약했다.

그 후 몇 차례 더 인도여행이 가능했던 것은 태생적으로 순정한 심안을 가진 인도사람들 때문이었다.

세월이 흘러 50대 여자는 인도에서 만났던 사람들이 그리웠다. 사진을 찍으며 꼭 보내주겠다고 했던 약속은 소멸 시효를 넘기고 있었다. 여행 사진을 보관한 서랍을 열 때마다 '호수의 도시 포카라'가 윙크했다. 그러다가 네팔에서 일어난 대지진 뉴스 재방송을 보고 나를 재촉했다. '서둘러요. 마담!'

17년 전 북인도 여행에서 함께 찍었던 인연들을 찾아가는 여행

인도 또 인도!

권갑점 지음

황금알

인도 또 인도!

초판발행일 | 2023년 9월 9일
지은이 | 권갑점
펴낸곳 | 도서출판 황금알
펴낸이 | 金永馥

주간 | 김영탁
편집실장 | 조경숙
인쇄제작 | 칼라박스
주소 | 03088 서울시 종로구 이화장2길 29-3, 104호(동숭동)
전화 | 02) 2275-9171
팩스 | 02) 2275-9172
이메일 | tibet21@hanmail.net
홈페이지 | http://goldegg21.com
출판등록 | 2003년 03월 26일 (제300-2003-230호)

ISBN 979-11-6815-059-1-03810

인도 또 인도!

만촌화성파크스위트

인간존중 기치 아래 더불어 사는 자연 속의 아파트
동트는 느지마을 삶의 터전에
생활 낙원이 우뚝 솟았다

동(東), 북(北)으로는 금호강 맑은 물 굽이쳐 흐르고
서(西), 남(南)으로는
나라의 동량지재들의 꿈의 수성 학군이 움집 해 있는
살기 좋은 아파트

망우당공원 산책길엔
이름 모를 풀벌레와 산새들의 흥겨운 노랫소리에
발걸음은 경쾌하고
매화꽃 목련꽃 철쭉 진달래꽃 철마다 방긋방긋 반겨준다

금호강 물줄기 따라 공원에서 불어오는
시원한 강바람 산들바람에
집집마다 행복이 주렁주렁 열리고

자연 풍광과 어우러진 삶의 보금자리에는
날마다 웃음꽃이 피어나고 사람 사는 향기가 진동한다.

제목 : 만촌화성파크스위트
시낭송 : 박영애
스마트폰으로 QR 코드를 스캔하면
시낭송을 감상할 수 있습니다

신사회 신인류

21세기 디지털 혁명의 소용돌이
태풍의 눈에 휩싸여 탄생한 디지털 네이티브

그들은
잠에서 깨어나 비몽사몽간
스마트폰이 먼저 손에 잡히고
쏟아지는 정보와 카톡, 문자 메시지, 게임으로 아침을 연다

현재의 쾌락에 최상의 가치를 부여하고
모든 생활의 사고방식은 게임 원리에 적용한다
우리네 삶 자체가 승부 게임이요 전쟁터다
태초의 인류가 만들어 놓은 인간사회 룰의 법칙이다

21세기 디지털 신사회 신인류는
그렇게
사이버 뉴 미디어 신사회에서 신인류의 한 세기를 담당하고
기성세대들의 행동, 사고방식을 거부하며
새로운 신사고의 뇌로
초일류의 새 삶을 견인한다.

그때는 왜 몰랐을까요

꽃이 지고 나서야
봄인 줄 알았습니다

매미가 사라지고 나서야
여름인 줄 알았습니다

낙엽이 지고 나서야
가을인 줄 알았습니다

눈이 녹고 나서야
겨울인 줄 알았습니다

그때는 왜 몰랐을까요?

누군가가

누군가가
텅 빈 내 마음을 통째로
가지고 있다면
아마 난
행복에 겨워
눈물 적실 겁니다

누군가가
봄 햇살로 가득 찬
내 마음을 통째로
가지고 있다면
아마 난
서러움에
눈물 적실 겁니다.

메타버스 플랫폼

디지털 혁명의 메타버스를 타고 젊은이들의 꿈의 광장
메타버스 플랫폼 '이프랜드'와 '제페토'에 합류했다
풍류 시인 민만규의 닉네임은
'메타이프미미' '메타제페미미'다
아바타 꾸미고 멜로디도 달았다
서툰 솜씨에 호기심은 발동하고
손가락을 덜덜 떨며 여기저기 터치해 본다
익숙지 않은 환경에 두려움을 안고 도전장을 던졌다
젊은 피를 수혈해서
도도한 물결 메타버스에 탑승하기 위함이다
나이 탓 세대 탓하며 주저앉을 수 없다
MZ세대들이 보면
꼰대의 서툰 몸짓에 돌아앉아 코웃음 칠 일이지만
이제 시작이다.

디지털 부동산 쇼핑

파란 하늘길 따라 메타버스를 타고
들뜬 마음으로 꿈의 디지털 부동산 쇼핑을 한다
오늘은 땅값이 천정부지로 치솟기 전에
가을 풍경이 발아래 펼쳐지는 파란하늘 시공간에
내 꿈을 꽃피울 보금자리 터를 마련했다
너와 나의 삶의 현장 플랫폼 지번은
대구광역시 수성구 수성못 하늘길 메타 일 번지
팽창하는 우주에
먼지보다 작은 여의도만 한 약 백만 평(330ha)
하늘 땅 나대지를 사이버머니 840달러로 구매했다

십만 평은
수영장 골프장 국기태권도체육시설 및
각종 스포츠 레저 편의 시설과
십만 평은
창작문학예술의 전당 문화공간이 잘 갖춰진
초호화 1001층 건물을 별들과 함께 짓고
나머지 팔십만 평 나대지는
집 없이 사는
소시민들께 무상 분양해서 함께 살 것이다
물론 각종 부대시설은 무료로 제공한다

또한 조각 난 흰 구름 십만 개는
내 오토카로 오래전에 사두었다
이 또한
입주민들은 공짜로 자유로이 사용하도록 한다

오늘도 나의 행복은
이렇게 메타버스에서 꽃핀다
메타버스 플랫폼 제페토에
내 아바타 메타제페미미가
진짜 같은 가상현실에 신바람이 났다

내일은
메타버스를 타고
필요한 생필품을 구매하기 위해
달나라 쇼핑을 예약해 두었다.

메타제페미미 생일 파티

내일은 '메타제페미미'의 생일이다
파티 장소는 세계 최고층 건물
두바이 '부르즈 할리파' 162층 레스토랑에서
나의 메타 플랫폼 팔로워와 유니버스 친구들과
초호화 파티가 열릴 예정이다
아바타 소환 가수로는
세계 최고의 가수 싸이와 BTS,
내가 좋아하는 이선희, 임재범과 훈아 형이다
문학인으로는 '빼앗긴 들에도 봄은 오는가'
이상화 시인과
'흔들리며 피는 꽃' 도종환 시인을
아바타로 소환해서 문학의 밤 콘서트를 가질 것이다
파티가 끝나면 '두바이 몰'을 쇼핑할 예정이다
파티와 쇼핑 경비는 0원이다
돈 한 푼 들이지 않고
최고의 가수를 초대해서
최고의 생일파티와 최고의 쇼핑을 할 수 있으니
21세기 디지털 혁명이 몰고 온 메타버스
새로운 삶의 둥지다.

메타버스를 타고 세상을 유람하는 풍류 시인

김호운(소설가·한국문인협회 부이사장)

　민만규 시인에게는 '풍류 시인'이라는 별칭이 따라붙
는다. 세상을 그렇게 풍류인의 시각에서 바라본다는 의
미일 것이다. 그의 아호가 '풍류(風流)'니 천생 풍류 시
인임에 틀림이 없다. 시인은 세상을 딱딱한 원리로 들
여다보지 않으며 풍류객처럼 가슴에 품은 향기의 숨결
로 바라본다.

　이번에 민만규 시인이 그동안 발표한 작품들을 모아
첫 시집 『메타에 핀 글꽃』을 펴낸다고 한다. 시집 제목
도 예사롭지 않다. 메타(meta), 세상만사를 시(詩)로
해석하겠다는 대단한 선언이다. 우선 첫 시집 상재(上
梓)에 박수를 보낸다.

　민만규 시인은 오래전부터 시를 써왔으나 2020년
『대한문학세계』로 등단한 늦깎이 시인이다. 여기서 말
하는 '늦깎이'는 터득이 늦다는 게 아니라 늦게 세상에
알려졌다는 의미다. 다 성숙한 뒤에 세상에 나왔다는
의미로도 통한다. 그래서 어느 분야든 올깎이보다 늦깎
이가 두각을 나타내는 경우가 많다. 해마다 그의 작품

이 의미 있는 문학상을 받은 걸로 보더라도 이 말은 틀리지 않는다.

> 맑은 영혼을 담은
> 열정의 글꽃을 피우기 위해
> 나는 매일
> 꽃을 사랑하는 마음으로 살아갑니다
> 시를 쓴다는 것은
> 나를 사랑하고
> 그대의 향기를 사랑하기 때문입니다
> 나와 그대의 따뜻한 가슴에
> 한 송이 글꽃을 피우기 위해
> 나는 오늘도
> 메타버스를 타고
> 글꽃의 씨앗을 찾아 낯선 길을 나섭니다.
> － 「메타에 핀 글꽃」 전문

표제어가 된 시 「메타에 핀 글꽃」을 보면 그는 삿갓에 괴나리봇짐을 메고 아름다운 자연경관을 찾아 돌아다니는 그런 풍류 시인이 아니다.

'메타버스를 타고 글꽃의 씨앗을 찾아 낯선 길을 나서는' 눈부시게 발전하는 21세기 세상을 훔쳐보고 시로 재조립하는 그런 풍류 시인이다. '나는 매일 꽃을 사랑하는 마음으로 살아갑니다'에서 21세기 세상을 바라보는 그가 품고 있는 따뜻한 시성(詩性)을 엿볼 수 있다. 21세기의 눈부신 문명과 문화는 그냥 좋기만 한 게 아니다. 이 좋은 걸 갖기 위해 인간은 더 큰 것을 버려야 하고, 이로 인해 가치관이 무너지기도 하며 온갖 갈등으로 고뇌하게 된다. '나와 그대의 따뜻한 가슴에 / 한 송이 글꽃을 피우기 위해 / 나는 오늘도 / 메타버스를 타고 / 글꽃의 씨앗을 찾아 낯선 길을 나섭니다' 이처럼 그는 고뇌하며 21세기를 살아가는 사람들의 가슴에 '글꽃' 한 송이를 피워 치유해 주려고 한다.

> 겹겹이 쌓인
> 농부의 투박한 주름살 위에
> 송골송골 걸터앉은 굵은 땀방울은
>
> 홍시 하나
> 알밤 한 톨
> 사과 한 알
> 빨갛게 익기까지의
> 햇살의 눈물입니다
> 　　　　　－「농심」 전문

　그런가 하면 농부의 주름살에서 세상을 삶을 낚아내기도 한다. '겹겹이 쌓인 / 농부의 투박한 주름살 위에 / 송골송골 걸터앉은 굵은 땀방울은' 여기에서 시인은 땀방울이 '송골송골 맺힌'게 아니라 '송골송골 걸터앉았다'로 묘사하고 있다. 맺힌 것은 노동의 댓가지만, 걸터앉은 건 그 노동을 삶(세월)으로 승화한 것이다. 시인은 눈에 보이는 사물뿐만 아니라 이렇듯 눈에 보이지 않는 사물까지 들여다본다. 이 삶으로 환치된 땀방울에서 다시 '홍시 하나 / 알밤 한 톨 / 사과 한 알'로 사유(思惟)를 확산하고 있다. 시인의 사유는 여기에서 멈추지 않는다. 이를 '빨갛게 익기까지의 햇살의 눈물'로 마무리하고 있다. 농부의 굵은 주름에 걸터앉은 땀방울은 결국 '햇살의 눈물'이 된 것이다.

> 기다림에 목마른
> 그리운 임이기에
>
> 밤하늘의 꽃
> 별 하나 따다가
> 내 마음 깊숙이 고이 숨겨놓고
>
> 어스름 길 따라
> 그리운 임 찾아오면
> 별꽃으로 어둠을 밝히며
> 임을 반기리.
> – 「임 마중」 전문

이 작품 말미에 시인이 밝힌 글을 보면 이 작품은 민만규 시인이 처음 쓴 시다. 태권도인이던 민병팔이 이 시를 쓰고 시인 민만규로 이름을 바꾸었다고 한다. 그만큼 이 작품은 시인 자신이 가장 아끼는 작품임을 강조한다. 이 작품은 시조의 운율을 타고 있다. 그가 찾는 '임'은 과연 누구의 임일까. 시인 자신일 수도 있고, 세상의 모든 사람의 '임'일 수도 있다. 그 임은 바로 누구든 가야 할 '삶의 길'이기도 하다. '밤하늘의 꽃 / 별 하나 따다가 / 내 마음 깊숙이 고이 숨겨놓고' 삶의 시간을 밝혀줄 등불 같은 '별'을 가슴에 안고 있다가 '어스름 길 따라 / 그리운 임 찾아오면 / 별꽃으로 어둠을 밝히며 / 임을 반기리' 지치고 힘들 때(어스름 길 따라) 그 '임(삶)'을 맞는 '별꽃'으로 치유하고자 한다. 시인의 명징한 혼이 담긴 아름다운 시다.

민만규 시인은 이제 '메타버스'를 탔다. 그는 이 시집에 실린 '시인의 말'에서 "화자는 '디지털 래그' 꼰대 세대로 낙인찍히는 게 싫어서 MZ세대의 시대적 화두에 한 다리 걸치기 위해 서툰 몸짓으로 꿈틀거려 본다"라고 했다. 앞으로 걸어가게 될 그의 풍류 세계가 예사롭지 않게 다가온다. 시인은 늙지 않는다. 변하는 세상과 나란히 걸어가기에 그렇다. 민만규 시인의 작품에서 눈길을 끄는 건 바로 이 점이다. 세상이 변하는 데 따라 그의 시선이 명징하게 따라 움직일 것이다. 그는 메타버스를 타고 지금 그런 세상 속으로 달려가고 있다.

민만규 시집

2022년 3월 10일 초판 1쇄
2022년 3월 15일 발행
지 은 이 : 민만규
펴 낸 이 : 김락호
디자인 편집 : 이은희
기 획 : 시사랑음악사랑
연 락 처 : 1899-1341
홈페이지 주소 : www.poemmusic.net
E-Mail : poemarts@hanmail.net

정가 : 10,000원
ISBN : 979-11-6284-345-1